L° Z
LE SENNE
2378

INSTITUT DE FRANCE

ACADÉMIE FRANÇAISE

INAUGURATION DE LA STATUE

D'ALEXANDRE DUMAS

A PARIS

Le mardi 12 juin 1906

PARIS

TYPOGRAPHIE DE FIRMIN-DIDOT ET Cⁱᵉ

IMPRIMEURS DE L'INSTITUT DE FRANCE, RUE JACOB, 56

M D CCCC VI

INSTITUT
1906. — 12.

INSTITUT DE FRANCE

ACADÉMIE FRANÇAISE

INAUGURATION DE LA STATUE

D'ALEXANDRE DUMAS

A PARIS

Le mardi 12 juin 1906

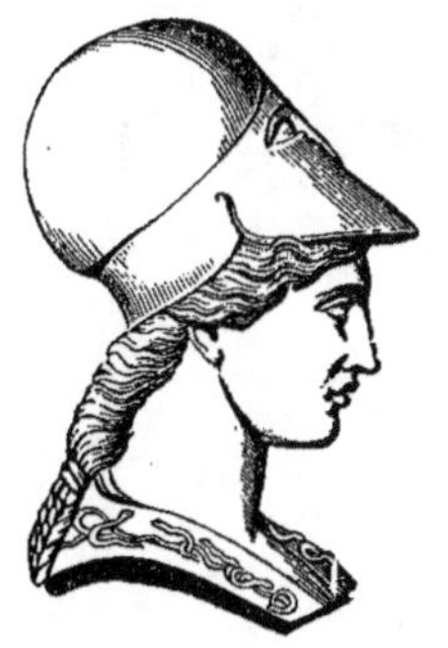

BIBLIOTHÈQUE NATIONALE
FONDS
LESENT
1766 39
IMPRIMÉS

PARIS

TYPOGRAPHIE DE FIRMIN-DIDOT ET Cie

IMPRIMEURS DE L'INSTITUT DE FRANCE, RUE JACOB, 56

M DCCCC VI

DISCOURS

DE

M. VICTORIEN SARDOU

PRÉSIDENT DU COMITÉ DE LA STATUE

———

MESDAMES, MESSIEURS,

Il appartenait au grand artiste à qui nous devons déjà l'admirable figure de Dumas fils, dormant son dernier sommeil, de le faire revivre ici dans la gloire de son apothéose. Au nom de la famille Dumas et du comité que j'ai l'honneur de présider, je le prie d'agréer le témoignage de notre admiration et de notre reconnaissance pour cette très belle œuvre, qui associera désormais son nom à la renommée de l'illustre écrivain dont il fut l'ami.

Je dois aussi nos remerciements au gouvernement, pour le généreux concours que nous ont prêté M. le ministre de l'Instruction publique et M. le sous-secrétaire d'État aux Beaux-Arts; — à la Ville de Paris, dans la personne de M. le président du Conseil municipal et de M. le préfet de la Seine, qui ont comblé nos vœux en nous permettant d'ériger ici la statue du fils, faisant face à celle du père ; — à l'Académie française, aux sociétés dramatiques, littéraires, artistiques ; à l'Association de la critique, à la presse, et à tous les admirateurs et amis connus et inconnus de Dumas fils, qui ont bien voulu se joindre à nous, pour rendre hommage au maître du théâtre contemporain, héritier d'un grand nom, qu'il a su grandir encore !

Ce n'est pas chose rare, Messieurs, dans la politique, la magistrature, l'armée, la science, l'industrie, les arts, les lettres, que cette transmission de la gloire paternelle au fils, qui la continue et la complète. Dans l'art dramatique, le fait était sans exemple ! Et ce qui est plus surprenant encore, c'est que le génie du fils se soit affirmé dans des œuvres toutes personnelles et qui offrent avec celles du père le plus prodigieux contraste.

Dumas père se refuse à voir du présent ce qui pourrait l'attrister. Il n'a aucun souci de l'avenir. Il ne connaît du passé que ses côtés légendaires, pittoresques et amusants.

Dumas fils ignore et dédaigne le passé. Il est préoccupé sans cesse de l'avenir, et ne voit du présent que ses tristesses et ses problèmes inquiétants.

L'un nous détourne de penser.

L'autre nous y invite et nous y contraint.

Le père est tout invention et imagination.

Le fils est tout observation et réflexion. Il ne tient pour réels et dignes d'intérêt que les faits à sa portée.

« J'ai vécu, dit-il, tout ce que j'ai représenté. Je n'ai
« pas écrit un mot qui ne fût un souvenir, une émotion
« de ma propre vie. »

Il dit vrai. — Nul écrivain n'a mis plus que lui de sa
personnalité dans ses œuvres. Sa vie les explique. Elles
en sont le reflet.

Il est né en dehors du mariage. C'est la genèse du *Fils
naturel*, des *Idées de Mme Aubray*, de *Monsieur Alphonse*,
de *Denise*. Son adolescence a été associée à la vie tumul-
tueuse d'un père qui n'était pas fait pour cet emploi, dans
un milieu qui n'était pas celui de la vertu. D'où le *Père
prodigue*, la *Dame aux Camélias*, le *Demi-Monde*. Ses pre-
miers succès lui ont valu quelques aventures, dont les
héroïnes n'avaient trouvé que déception dans le mariage.
De là *Diane de Lys*, la *Princesse Georges*, la *Princesse de
Bagdad*, l'*Ami des femmes* et *Francillon*.

Ces fables dramatiques qu'il déroule sous nos yeux,
il en a été le héros ou le témoin. Ces personnages qu'il
nous présente sur la scène, il les a connus et, comme il
dit, « coudoyés ». Leurs plaintes, leurs colères sont
l'écho de celles qu'il a recueillies sur sa route, ou de ses
rancunes contre sa propre destinée. Car il n'a jamais
pris son parti de l'irrégularité de sa naissance, ni des
tristesses de son jeune âge. Aux plus heureux jours de sa
vie, il rappelait amèrement ses dimanches d'écolier, qui
n'ont jamais connu les douceurs du foyer familial. Ces
premières impressions d'enfance ont laissé sur son esprit
une marque ineffaçable. Obsédé par ces souvenirs, il
cherche d'abord autour de lui des cas semblables au sien,
et leur accorde une importance excessive ; puis le champ

de son observation s'élargit : il voit partout la femme victime de l'état d'infériorité que la législation et les mœurs lui imposent. Dès lors, sa vocation se révèle. C'est le *féminisme !* (Le mot est de lui.) Il signalera, pour l'affranchissement de celle qu'il considère comme l'éternelle sacrifiée, les lacunes et les erreurs de la loi, les préjugés d'une morale mondaine, égoïste et hypocrite, et mettra au service de cette noble cause l'art dramatique, — qu'il proclame le plus grand, le plus puissant de tous ! « Alors, dit-il à Sarcey, que tout se transforme autour de nous, il n'est pas permis à l'auteur dramatique de ne pas s'associer à la discussion des questions fondamentales de la société ; de ne pas chercher la solution des grands problèmes dont dépend son avenir. Toute œuvre littéraire qui n'a pas en vue l'idéal et l'utile est malsaine et lettre morte. Bref, l'auteur dramatique doit être désormais philosophe, moraliste et législateur. Térence et Lycurgue à la fois ! »

Il ne faut pas donner à ce programme de Dumas toute l'extension qu'il semble comporter. Ce qu'il vise comme législateur, c'est surtout la réforme du Code et des mœurs, pour tout ce qui a trait à l'union des deux sexes, légale ou non. C'est dans ce cercle restreint qu'il entend exercer son influence, en fondant un art « nouveau », qu'il appelle le « théâtre utile » !

Cette formule devait soulever bien des objections. Et d'abord, disait-on, où est la nouveauté? De tout temps, l'auteur dramatique, dans la mesure de ses moyens et des libertés permises, a prétendu critiquer et corriger les mœurs et les lois. Et puis, ce nom de « théâtre utile »

demande quelque explication. Il serait excessif de réduire
l'utilité de l'art dramatique à l'examen constant, unique,
des questions sociales. Le théâtre n'est pas une succur-
sale de la tribune, ni de la chaire. Sa fonction est de nous
émouvoir par le jeu des passions humaines, — ou de faire
rire « les honnêtes gens », comme dit Molière, par la
satire de nos travers, de nos ridicules et de nos vices...
L'œuvre dramatique est donc utile par cela seul qu'elle
provoque le rire ou les pleurs. C'est très bon, le rire, et
très utile à la santé du corps et de l'esprit! Très salutaire
aussi, l'émotion provoquée par des sentiments généreux
et tendres, qui nous font meilleurs, au moins à l'instant
où nous les éprouvons. En réalité, il n'y a d'inutile que
le théâtre qui ne nous arrache ni un rire ni une larme.
Déclarer malsaine et lettre morte toute œuvre dont l'idéal
est absent, c'est faire le procès aux comédies les plus
gaies du répertoire. Il n'y a pas ombre d'idéal dans les
Précieuses ridicules ou le *Malade imaginaire*, et l'on ne voit
pas que ces œuvres soient malsaines. Quant à l' « utile »,
il ne faut pas imiter le mathématicien qui, après avoir
écouté *Phèdre*, s'écriait : « Qu'est-ce que cela prouve? »
— Rien assurément : à moins que l'on ne veuille y voir la
critique des jugements précipités et des erreurs judi-
ciaires! — Mais *Phèdre*, comme *Andromaque* et *Britannicus*,
nous émeut par la grandeur tragique des infortunes
qu'elle évoque, par les devoirs et les passions qu'elle met
aux prises. Elle nous fait vivre dans une atmosphère
d'héroïsme, dans une humanité supérieure à la nôtre, et
c'est assez pour qu'elle nous charme et soit immortelle.

Il ne faut donc retenir de la formule de Dumas que ce

qui est juste et louable, et qu'il a mis résolument en pratique : la démonstration, sur la scène, de certaines vérités méconnues, contraires aux opinions reçues, et qu'il s'agit de faire accepter par un public plus ou moins récalcitrant.

Les Dumas ont toujours aimé la lutte. L'aïeul, le général, se jetait dans la mêlée et sabrait les Autrichiens comme un simple soldat. Le fils a passé sa vie à se débattre, joyeusement du reste, contre les difficultés dont il se plaisait à l'encombrer. Et le même esprit batailleur se retrouve dans le goût du petit-fils pour la controverse et la polémique, dans son dédain des idées courantes et son parti pris de plaider sur la scène les causes les plus discréditées à l'avance, en y prenant pour clientes habituelles la fille séduite, la fille-mère, la femme galante et la mal mariée. — La fille séduite, coupable d'une défaillance qu'on lui reproche durement, tandis qu'on ne témoigne qu'indulgence à celui qui l'a provoquée! — La fille-mère, à qui le séducteur laisse toute la charge de sa triste maternité, sans que la loi l'oblige à s'y associer et témoigne le moindre intérêt pour l'enfant, né d'une faute dont seul il est innocent! — La femme galante, la pécheresse repentie, qu'il veut réhabiliter par l'amour vrai et par le dévouement maternel! — Et enfin l'épouse délaissée, trahie, puis oublieuse de ses devoirs, pour qui il réclame le bénéfice des circonstances atténuantes et du pardon évangélique!

Ce sont ces vaillantes plaidoiries qui ont fait dire, avec une intention d'ironie très injuste, à mon sens, que chaque pièce de Dumas est une thèse.

Et pourquoi pas?

La thèse, c'est l'âme de la pièce, la pensée qui l'a dictée, l'idée à mettre en valeur. L'habileté de l'auteur consiste assurément à la faire triompher par la vérité des caractères et la logique des situations plus que par celle des arguments qu'il invoque. Mais il est des thèses morales ou sociales qui, par leur nouveauté et leur audace, exigent la discussion. Pour gagner la cause, il faut la plaider. C'est le cas, par exemple, du *Fils naturel,* et si cette pièce est un chef-d'œuvre : c'est que la discussion y naît forcément de l'enchaînement des faits et s'unit merveilleusement à l'action du drame, pour nous faire accepter les conclusions de l'auteur. Ce n'est donc pas la pièce à thèse qui est blâmable, a dit très justement un critique avisé, c'est la pièce qui n'est qu'une thèse; qui pérore et n'agit pas; qui se fait sermonneuse, et par suite ennuyeuse : surtout quand l'auteur y est représenté par ce personnage de convention que nous a légué l'ancien répertoire, le *raisonneur :* le Chrysalde, le Béralde, l'Ariste de Molière, dont la fonction est de nous dire en passant les choses les plus sages du monde, mais qui, de la part de cet intrus, nous laissent froids! — Quelle différence de ce compère classique au moraliste de Dumas, mêlé à l'action de la façon la plus intime et y jouant un rôle considérable, avec une verve, un entrain, une éloquence, une logique, une ironie, un esprit endiablé qui font dire au spectateur : « Mais c'est Dumas qui parle! C'est Dumas que j'entends. » Eh! oui, c'est Dumas qui lui souffle tout cela, mais dans le langage approprié à l'emploi et au caractère qu'il a donnés à son personnage! —

C'est Dumas, mais c'est aussi Barentin, de Jalin, Lebonnard. — Tout Paris reconnaissait jadis Beaumarchais dans
Figaro. C'était tout de même Figaro !

Mais, a dit quelqu'un récemment, Dumas n'a rien
découvert. Toutes ces idées-là étaient dans l'air ! —
Naturellement ! — Mais sans lui, elles auraient pu y
flotter longtemps, avant d'affronter les feux de la rampe.
Elles ne l'ont pas fait sans péril. Il faut avoir vécu en ce
temps-là, pour se rappeler l'indignation des mères de
famille contre cette Mme Aubray qui donne pour épouse
à son fils une fille-mère. « Pour un peu, disaient-elles,
l'auteur nous prouverait qu'il vaut mieux épouser cette
créature qu'une honnête fille, sous prétexte qu'il n'y a
aucun mérite à prendre celle-ci pour femme ; — tandis
qu'épouser l'autre, c'est généreux, charitable et bon ! »

Dumas ne disait pas cela. Mais il n'aurait pas fallu le
presser beaucoup pour le lui faire dire.

Et le *Fils naturel !* — Il était convenu, à cette époque,
où l'on parlait sans sourire de la « voix du sang », qu'un
père est toujours un être sacré pour son fils, l'eût-il aban-
donné dès le berceau. Quel murmure dans la salle, quand
Jacques tient à ce père indigne le langage que l'on sait :
« Oh ! comme il lui parle ! C'est son père, après tout ! »
Après tout, en effet ! — Et quelle rumeur de protestation
au dénouement contre le mot vengeur, dont Dumas, avec
raison, n'a jamais voulu faire le sacrifice.

Et la *Dame aux Camélias !* si longtemps repoussée par
la censure, si vite adoptée par le public, croit-on qu'elle
ait triomphé sans résistance ? Nous attendrir sur les dou-
leurs d'une fille de joie !... Passe encore dans un roman,

mais sur la scène! Rompre les barrières qui lui avaient toujours défendu d'y paraître en héroïne! Dumas objectait vainement qu'il fallait que ces barrières-là fussent bien vermoulues pour tomber au premier choc; qu'il n'avait donné à la courtisane, sur les planches, que la place qu'elle avait déjà conquise dans la société; et qu'on pouvait prévoir à bref délai une telle fusion du monde, du demi-monde, de tous les mondes, qu'on ne saurait plus distinguer le haut du moyen et du bas! — On n'en criait pas moins à l'immoralité, comme à tout ce qui contredit la morale officielle, la morale en cours, la morale à la mode.

Aujourd'hui, ces doctrines révolutionnaires ont si bien fait leur chemin qu'elles risquent de passer pour banales. J'ai entendu un spectateur de la jeune génération, prêtant une oreille distraite aux arguments de Dumas, murmurer : « Que de paroles inutiles! C'est convenu, tout ça! »

Toutes les idées de Dumas n'ont pas eu la même fortune. La chaleur de son zèle l'entraîne quelquefois si loin que l'on hésite à le suivre, quand il assimile, par exemple, l'adultère du mari à celui de la femme, oubliant que la faute de celle-ci peut attribuer à l'époux une paternité à laquelle il n'a aucun droit. Ou encore lorsqu'il veut introduire dans le code la recherche de cette paternité pour l'enfant naturel; mesure très généreuse et très équitable en principe, mais, dans la pratique, exposée à tant de trahisons, d'embûches, d'erreurs et d'arbitraire, que le législateur découragé n'y voit qu'une solution possible : c'est que la fille ne se laisse pas séduire!

Mais lors même que l'on fait ses réserves sur des conclusions trop hâtives et des solutions hasardeuses, ce grand remueur d'idées vous a donné à examiner de plus près celles que vous professiez par habitude. Il vous a révélé des problèmes que vous ne soupçonniez pas. Il vous a intéressé à des misères féminines qui vous laissaient indifférent.

Ce n'est pas qu'il soit toujours tendre pour celle dont il s'est fait le champion. Et à cet égard, il est quelquefois déconcertant. Il va volontiers pour elle de l'attendrissement au dédain. Il la défend et la dénigre. Il la plaint et la redoute. « Le *féminin*, dit-il, est méprisable et dangereux !... Il est l'ennemi ! La femme est frivole et ne se rend jamais au raisonnement. C'est une innocente qui ne sait jamais ce qu'elle a fait, ce qu'elle fait, ce qu'elle doit faire ! »

On admet bien comme conclusion qu'elle a droit à l'indulgence et à la protection des mœurs et des lois. Mais il est permis de s'étonner, quand, après l'avoir déclarée — à tort — incapable de gérer ses propres intérêts, Dumas réclame pour elle sa part de direction dans les affaires publiques : des droits politiques égaux aux nôtres, et, entre autres, celui de voter, qui la fera d'abord électrice, et plus tard éligible ! — Et la surprise est au comble, lorsqu'il s'écrie : « Elle se croit capable d'édicter des lois. Elle est en cela aussi ridicule que le serait le sexe fort à vouloir allaiter des enfants ! »

Ces contradictions ne me paraissent pas devoir être prises au sérieux. J'y vois surtout des accès de mauvaise humeur dus à la déception de ne pas trouver sa protégée toujours digne de l'intérêt qu'il lui porte. Comment, d'ailleurs, ne pas se contredire, quand il s'agit de ce

« féminin » si variable et si complexe, que plus on l'étu-
die, moins on le comprend, et qu'il faut renoncer à for-
muler sur lui un jugement définitif, sous peine de se
heurter à tant d'exceptions que rien ne subsiste plus de la
règle générale?

Sa clientèle féminine ne lui a pas tenu rigueur de ces
boutades. Ces brutalités du langage dictées par la passion
ou par la simple amitié ne sont pas pour lui déplaire. Ce
qu'elle ne pardonne pas : c'est l'indifférence ! Et ce n'était
pas le cas de celui dont elle a été la préoccupation constante, on pourrait dire unique. Aussi le prenait-elle pour
confident de ses peines. M. de Saint-Marceaux, dans cette
posture familière de Dumas prêtant l'oreille aux doléances
des belles éplorées qui réclament son appui, nous offre le
parfait symbole de sa vie et de son œuvre. Filles séduites
ou en détresse, épouses coupables ou bien près de l'être;
mères délaissées, veuves lasses de leur solitude, repenties
lasses de leur repentir lui contaient verbalement ou par
écrit leurs scrupules, leurs craintes, leurs remords, — ou
plus souvent leurs regrets, — avec le secret plaisir que
toute femme éprouve à faire de ses fautes un aveu qui les
lui rappelle. Il se prêtait complaisamment à ce rôle de
directeur de conscience, de confesseur laïque, qui lui révélait les cas les plus délicats, les plus raffinés de l'union
des deux sexes et lui donnait l'occasion de développer à
l'aise dans sa correspondance, comme il a fait dans des
brochures éloquentes et d'admirables préfaces, ses idées
relatives au divorce et à la réforme du mariage, qui ne
trouvaient pas leur libre expansion sur la scène. Ce ne
serait pas la moins précieuse de ses œuvres que la publi-

cation de ces lettres écrites de verve, dans la chaleur de l'improvisation, si on pouvait les recueillir et si elles n'étaient pas vouées à l'oubli par leur caractère confidentiel.

Plus d'une de ses pénitentes a dû l'aborder en tremblant. On se méprenait singulièrement sur son caractère en le jugeant sec et hautain, où il n'était que prudent et réservé. Il nous a dit, dans l'*Affaire Clémenceau*, son rude apprentissage de la vie, à la pension Goubaux, où ses camarades se faisaient un jeu cruel de lui rapporter les mauvais propos de leurs parents sur sa naissance. La méchanceté des enfants le mettait de bonne heure en garde contre celle des hommes ! Plus tard, son père avait été pour lui un éducateur merveilleux, en lui enseignant, par son exemple, tout ce qu'il faut éviter dans la vie : la familiarité trop facile, la table ouverte à tous les flatteurs et tous les parasites, le gaspillage de la santé, du talent, du travail, de l'amitié ! — Et à vingt ans, Dumas fils n'avait plus rien à apprendre de ce qu'il appelle « la préservation de soi-même ». « Je commence, dit-il, par admettre comme philosophie préventive que tous les hommes sont des scélérats, et toutes les femmes des coquines. Si je m'aperçois que je me suis trompé sur un ou une, ma déception est une joie, au lieu d'être un chagrin. »

On conçoit, dès lors, qu'à la vue d'un inconnu son premier mouvement fût la méfiance. Il l'observait froidement, de son gros œil saillant, avec une attention curieuse qui se tenait le plus souvent sur la défensive, mais quelquefois se faisait subitement agressive, comme pour tâter cet ennemi possible et le forcer à se découvrir par la riposte. Si l'expérience n'était pas rassurante, il était sur ses gardes pour longtemps, sinon pour toujours. Si elle éloignait toute probabilité de trahison, il désarmait, se livrait peu à peu et se révélait le causeur le plus charmant, le conseiller le plus sage, l'ami le plus sûr, le plus tendre et le plus dévoué... Il lui arrivait même, après avoir été trop méfiant, de ne plus l'être assez ; de faire des ingrats et de justifier ce jugement de son père : « Alexandre est à la fois blasé et candide, méfiant et crédule ! »

Ce que son langage un peu brusque, son amitié un peu railleuse, sa bienfaisance, un peu bourrue cachaient de réelle bonté, ceux-là seuls peuvent le dire qui ont été les témoins de sa vie, et qu'il a honorés, comme moi, de son amitié !

Quand la statue de l'aïeul, du soldat patriote, se dressera sur cette place, entre celles du fils et du petit-fils, nous saluerons en eux l'assemblage des dons les plus précieux de l'intelligence et du cœur : la bravoure et la charité, la haine de toute oppression, de toute injustice ; la belle humeur, le bon sens et l'esprit au service de toutes les bonnes causes ! — Et nul peuple ne pourra offrir à l'admiration du monde entier une place comparable à celle des *Trois Dumas !*

Au nom du Comité que j'ai l'honneur de présider, je remets à la Ville de Paris ce monument de M. René de Saint-Marceaux, consacré à la mémoire d'Alexandre Dumas fils.

DISCOURS

DE

M. PAUL BOURGET

AU NOM DE L'ACADÉMIE FRANÇAISE

Messieurs,

L'Académie française, qui s'honore d'avoir compté Alexandre Dumas fils parmi ses membres, a voulu qu'un hommage spécial fût apporté en son nom à ce monument où sont fixés pour jamais, dans leur énergie méditative, les traits expressifs du maître disparu. Voici onze ans déjà qu'il nous a quittés, et il nous semble que c'était hier, tant sa forte personnalité nous demeure à tous présente et vivante. Oui, c'était hier qu'il arrivait à la salle de nos séances, assidu au petit devoir académique comme à tous les autres, de son pas alerte malgré l'âge. C'était hier qu'il s'asseyait parmi nous, cordial, affectueux, simple, j'allais dire désarmé. Dans cette paisible atmosphère d'étude, il

3

ne comptait que des admirateurs, que des amis. Il le savait,
et l'invisible lutteur, habitué — c'est un de ses mots — à
se battre contre la vie tous les jours depuis si longtemps,
se détendait. Son terrible esprit, celui de Jalin, de Ryons,
de Lebonnard, de tous les bretteurs d'épigrammes de ses
comédies, s'adoucissait, s'égayait sur ses lèvres qui
n'étaient plus amères. Ses yeux clairs n'avaient plus leur
regard de défense. L'accent de sa voix était moins mor-
dant, moins gouailleur. Ses dons prestigieux de conversation se paraient d'une bonhomie charmante. L'auteur
acclamé de tant de pièces fameuses, le polémiste redouté
des retentissantes préfaces cédait la place au plus gracieux
des confrères, et s'il en était besoin, au plus dévoué. Aussi
l'inauguration de sa statue est-elle pour notre Compagnie
quelque chose d'autre qu'une fête officielle, comme la
journée du 30 novembre 1895 a été autre chose qu'un
deuil d'apparat. Tous ceux qui ont approché Dumas inti-
mement le comprendront.

Cette grâce et ce dévouement confraternels ne coû-
taient pas d'effort au noble écrivain. C'était le geste inné
de sa grande âme. L'attitude acquise, c'était l'autre,
l'agressive, la railleuse. Par instinct, Dumas avait à un
très haut degré le goût passionné du talent des autres,
qui devrait être la plus fréquente des vertus profession-
nelles. Hélas ! toute l'histoire littéraire est là pour nous
prouver qu'elle est la plus rare. Ce trait, le plus séduisant
peut-être de cette inoubliable figure, est le seul que j'es-
sayerai de mettre en lumière. Ce fut aussi le plus mé-
connu. Et pourtant comme on le discernait vite, une fois
brisé le cercle d'ironie dont il s'enveloppait au regard des

indifférents. Il a préservé jusqu'à la fin en lui ce sens de l'admiration qui s'émousse, qui se flétrit si tôt dans cette desséchante existence parisienne, où une renommée ne dure qu'à la condition d'être une conquête quotidienne sur les âpretés, sur les férocités souvent de la plus implacable concurrence. Chez Dumas, cette faculté de large sympathie s'accordait avec ce qu'il y avait d'opulent, d'étoffé, de magnanime dans sa robuste nature. La générosité, a-t-on dit excellemment, est le luxe de la puissance (1). Ce luxe-là, personne ne se l'est permis plus que Dumas, et de toutes les manières, dans l'ordre matériel — que de malheureux l'ont su, qui ne l'ont pas tous répété ! — et, ce qui n'a pas été assez répété non plus, dans l'ordre intellectuel. Il a été généreux d'esprit envers ses aînés, d'abord. De quel respect pieux sa jeune gloire entoura leur gloire finissante, vingt passages de ses œuvres en témoignent ! Vous vous rappelez les pages sur Hugo exilé, sur Lamartine vieilli, dans la préface du *Fils naturel*, et ce portrait de George Sand, de cette promeneuse « aux cheveux grisonnants sous son petit chapeau de paille » qui descend les marches d'un perron ? Avec une dévotion émue, Dumas la regarde regarder son rêve : « Elle s'assied sur un banc de pierre. Elle ne bouge plus. La voilà, fondue dans l'immensité. La voilà plante, étoile, brise, océan, âme... » Quel critique a défini plus justement l'étrange passivité créatrice de ce génie de femme ? « Elle va errer, contempler, écouter ainsi, *somnambule de jour, sans bien savoir ce qu'elle accomplit...* »

(1) L'expression est de M. Charles Maurras.

Pour mesurer la profondeur du culte que Dumas portait à la bonne dame de Nohant, il faut lire la correspondance de George Sand elle-même. Elle l'appelle « mon cher fils » et elle le morigène avec l'autorité tendre qu'une telle appellation suppose. Elle n'aime pas la *Visite de noces* et elle lui dit librement pourquoi, librement aussi pourquoi la fin de la *Femme de Claude* lui déplaît. Elle lui indique des sujets à traiter. Il lui soumet l'*Affaire Clémenceau*, — ce chef-d'œuvre du roman d'analyse, — pour qu'elle mette ce livre, l'expression y est, « en bon français » ! Tel l'orgueilleux Dumas était pour les maîtres de la génération qui l'avait précédé, tel je l'ai vu être pour les grands écrivains de sa génération à lui, si prompt à leur rendre justice, sans aucun retour égoïste. Un des beaux souvenirs de ma jeunesse est celui de ses rencontres avec Renan et Taine, aux « dimanches » de Gaston Paris, dans cette bibliothèque d'un érudit épris de toutes les supériorités, qui fut, pendant un quart de siècle, une oasis unique de libre conversation... Je revois, à cette minute, Renan assis, les mains jointes sur sa poitrine, dans une attitude un peu ecclésiastique qui lui était familière, et il inclinait par petites saccades sa tête trop forte, tandis qu'il inventait des idées en causant, avec cette ingéniosité dans les points de vue dont la souplesse tenait du prodige. Je revois Taine, maigre visage consumé de pensée, front creusé de vieil ouvrier littéraire, bon citoyen mourant de travail au service de la France et dont chaque ride était vénérable comme la cicatrice d'une blessure reçue à l'ennemi. Et je revois Dumas à côté d'eux, agile et dégagé, venant du vaste monde au lieu qu'ils venaient des livres, et les écoutant avec cette déférence si touchante d'un pair à ses pairs. Il savait quel bienfait représente pour des écrivains violemment contestés l'assentiment d'un autre écrivain, qui, ne travaillant pas dans la même ligne, leur donne mieux l'illusion du jugement de l'élite, un pressentiment de la postérité, de cet « incorruptible avenir » invoqué par le poète sur son grabat d'hôpital. Ce bienfait, Dumas ne l'a jamais marchandé à ses émules ; à ses cadets, il l'a prodigué.

Il y a, Messieurs, dans les *Euménides* du vieil Eschyle, une phrase d'une poésie singulière, de cette poésie que les anciens savaient trouver, simple et si humaine, pénétrée de naïve familiarité et si chargée de profonde signification. Athéné vient d'absoudre Oreste, poursuivi devant son tribunal par les furies vengeresses du parricide, et elle justifie son indulgence. « J'aime les hommes », dit-elle, « comme le jardinier aime ses plantes. » Un sentiment très analogue paraissait s'éveiller dans Dumas lorsqu'il apercevait chez un nouveau venu une promesse vivante, la germination sacrée du talent, la poussée des œuvres futures. A ses aînés il n'avait pu apporter que son admiration, à ses émules que son estime ; à ses cadets il avait le droit de donner quelque chose de plus : un secours, un appui, une direction, et avec quel délice il s'emparait de ce privilège de grand devancier. Un débutant lui soumettait-il une pièce nouvelle? Il faisait mieux que de la lire, mieux que d'en causer avec l'auteur. Si l'œuvre lui semblait en valoir la peine, il en corrigeait le scénario, il en retouchait le dialogue, il en récrivait des pages, des scènes, des actes. Les deux volumes qu'il a intitulés *Théâtre des Autres* représentent une très minime partie de ces collaborations le plus souvent anonymes et dont il n'a confessé qu'un des motifs quand il a dit : « Très épris de travail, ne m'équilibrant que par un exercice constant et varié, passionné pour la forme dramatique, qui donne plus qu'aucune autre l'illusion de la vie, je ne résistais pas au désir et au plaisir de faire vivre ces enfants qu'on avait déclarés non viables. » Non, ce n'était pas l'illusion de la vie qu'il poursuivait ; il conspirait avec la vie même en associant ainsi son intelligence d'artiste accompli à des intelligences d'artistes inachevés. Il était bien le jardinier évoqué par Minerve dans le tragique grec, qui se complaît au grandissement de l'arbrisseau, qui redresse et préserve la fragilité des branches nouvelles, qui hâte et protège l'éclosion des fleurs, la maturation des fruits. La preuve en est qu'il dépensait la même sollicitude efficace au service de travaux et d'intelligences qui n'avaient rien de commun avec l'art dramatique. Un de ses jeunes amis publiait-il un roman? De partie en partie, une lettre arrivait, criant aujourd'hui : « Bravo ! » demain : « Casse-cou ! » Tel épisode manquait-il à la logique, cette qualité maîtresse de toute œuvre d'art, d'après Dumas? Il en discutait les données par le menu, s'interrompant de ses propres travaux. Un dénouement ne le satisfaisait pas? Il vous en suggérait un autre. Reculiez-vous devant l'audace d'une solution trop dure ? Il vous faisait honte de votre timidité. Le volume à peine paru, il vous incitait à un nouveau livre. Sa virile amitié allait plus avant. Il apercevait, avec une lucidité de diagnosticien moral que l'expérience avait encore aiguisée, tout un avenir dans un caractère, les éléments favorables ou nuisibles, et gaiement, rudement, — délicatement, brutalement, —

suivant le cas, il essayait de vous opérer de vos défauts. De ses disciples il voulait tout savoir : leur hygiène, leur fortune, leurs habitudes quotidiennes, leurs crises sentimentales. Je l'entendrai toujours me parler de l'infortuné Maupassant et de l'influence de Flaubert. Il enviait l'ermite de Croisset d'avoir connu le romancier adolescent : « Ah ! s'écriait-il, si j'avais eu entre mes mains, moi, ce jeune homme, une pareille valeur ! » Et il les dressait, en effet, ces mains généreuses, du geste d'un statuaire devant un bloc de Carrare où sa vision devine, où elle éveille déjà l'ébauche du dieu emprisonné dans le marbre encore informe.

Comment avec une libéralité d'esprit si chaudement, si constamment dépensée pour les autres, une légende si contraire à la vérité a-t-elle pu s'établir autour de Dumas ? Que de fois a-t-il été représenté, de son vivant, comme un génie dédaigneux et solitaire, sarcastique et impitoyable, despotique jusqu'à en être méchant, et contre lequel toutes les représailles étaient permises ! Il savait cette légende, et, peu de temps avant sa mort, il constatait la force de la calomnie sans une plainte, mais avec cette mâle mélancolie de ses derniers jours, où il entrait tant de pitié pour l'incorrigible ignorance humaine : « J'ai été outragé », disait-il, « non seulement dans ma vie littéraire, mais dans ma vie privée, dans mon caractère, dans mes enfants, dans mes amis, par des gens qui ne me connaissaient certainement pas et que je ne connaîtrai certainement jamais... » Il ajoutait, après avoir déclaré qu'il avait oublié les noms de ses ennemis : « Je suis trop près de la fin de toutes les choses périssables pour laisser traîner un mauvais sentiment dans ma vie. » Sublime parole d'indulgence, jaillie comme un

testament du fond d'un grand cœur ulcéré, mais serein !
A cette méconnaissance du véritable Dumas, il y avait
beaucoup de raisons, quelques-unes très personnelles, d'autres très générales. Il y avait d'abord cette attitude volontiers combative qui lui venait d'un passé trop malheureux.
Il y avait sa hardie franchise, sa fierté intransigeante, son
incapacité à feindre l'estime, à dissimuler l'indignation,
et ce je ne sais quoi de chirurgical qui se dégageait de
tout son être, même avec ceux qu'il chérissait le plus : le
bleu d'acier de ses prunelles, la netteté tranchante de sa
parole, la morsure aiguë de son esprit. Ce n'était pas de
lui qu'on a jamais pu dire, comme d'un autre grand
homme, trop amoureux de vogue, qu'il vénérait dans tout
visiteur nouveau un claqueur possible. Précisément parce
qu'il aimait les gens pour eux et non pour lui, il ne les flat-
tait pas. Combien n'ont pu lui pardonner les premières
rudesses de ses sincérités ! Il y avait enfin, il y avait surtout
l'éternelle histoire : la malveillance des petites âmes — et
elles sont légion — devant un succès trop prolongé, l'ins-
tinctive et basse rancune contre un triomphateur égal à
toutes les faveurs de sa destinée et qui sembla jusqu'à ses
derniers jours défier même la maladie, même la vieillesse...
Cette envie — osons prononcer l'affreux nom — s'est tue
maintenant et pour toujours. La vérité de la mort a vaincu
le mensonge de la légende. Depuis ces onze années, d'in-
nombrables documents ont été publiés sur Alexandre
Dumas fils. Pas un qui l'ait diminué. L'assemblée qui
se presse aujourd'hui autour de ce monument, atteste
l'unanimité de tout ce qui compte en France à honorer ce
grand honnête homme de lettres dans son caractère aussi

bien que dans son génie. A cette heure d'apothéose, au moment où l'on vient de dévoiler cette image de pierre due au ciseau d'un illustre artiste, nous voudrions dévoi- -ler aussi, nous ses amis, pour la contempler et pour la montrer, l'image morale que nous portons de Dumas dans le sanctuaire de notre mémoire. Et nous graverions sur le socle ces simples mots, — les vertus qui firent de lui un confrère excellent et un maître incomparable y sont résu- mées, que dis-je? le sens secret de son œuvre entière : — « Il nous a aidés tous à valoir mieux. »

DISCOURS

DE

M. PAUL HERVIEU

AU NOM DE LA SOCIÉTÉ DES AUTEURS DRAMATIQUES

MESDAMES, MESSIEURS,

Après que le noble talent du statuaire a parlé à vos
regards, après les hommages définitifs qui viennent d'être
apportés à la mémoire d'Alexandre Dumas fils, après que
d'illustres témoins de sa vie ont pu embellir encore leur
éloquence par tout ce que l'intimité avec lui leur a sug-
géré de fraternel ou de filial, — je sens d'autant plus
combien je joins, à d'autres insuffisances, celle de n'avoir
guère connu que de vue ce glorieux patriarche de géné-
rations littéraires.

Pour faire revivre sa personne, c'est trop peu de ne
pouvoir évoquer que l'aspect — au passage — de cette
impressionnante physionomie : ce torse d'athlète que cam-
braient le poids des victoires portées à bras tendus et la

résistance aux assauts de la contradiction ; ces yeux dans
lesquels on discernait, sous l'enchevêtrement des médita-
tions, qu'une mordante ironie était logée ; cette bouche
arquée, en signe de sagittaire, d'où émanait une telle
expression d'adresse et de puissance armée.

Du moins, la postérité commence au jour où l'homme
est consacré par le marbre ; et, comme elle, sans les clartés
et les oppositions de l'existence disparue, nous ne sau-
rions nous attacher qu'au caractère en gros de l'œuvre
demeurée.

Or, ce qui par-dessus tout nous semble caractériser
l'œuvre d'Alexandre Dumas fils, c'est un geste d'autorité,
un mouvement de force. Quand il nous séduit — et il y
excelle — inscrivons qu'il lui plaît parfois d'être débon-
naire ; mais sa souveraine habitude est de nous mener
comme malgré nous, riant ou pleurant, aux conclusions
qu'il a ordonnées.

Car si quelqu'un a jamais justifié une appellation prodi-
guée dans les carrières libérales, si jamais écrivain a été
un Maître, au sens impératif de ce mot, c'est bien celui qui
rudoya supérieurement tant de préjugés ; oui, c'est bien
l'auteur dictatorial qui a signé — comme autant de décrets
irrésistibles — la légitimation de Jacques Vignot, la réha-
bilitation de Jeannine et Denise, la peine du talion pour
le mari de Francillon, la dégradation civique de la baronne
d'Ange, l'ordre d'exécution du duc de Septmonts et de
la femme de Claude, et encore la grâce du prince Georges
sur le lieu seulement du supplice.

De ce que la sensibilité d'Alexandre Dumas fils n'est pas
l'attribut qu'on lui voie au premier plan, on devinera

néanmoins qu'elle a été très vive. Cette sensibilité s'atteste
dans sa constante ardeur à prendre le parti de l'infortune
contre le vice ou la méchanceté. Mais n'oublions pas que
ce dramaturge avait bien des points communs avec le tem-
pérament des législateurs. Celui qui compose une pièce
vengeresse, comme ceux qui rédigent un code contre les
coupables, n'inscrit qu'entre les lignes sa frémissante pitié
envers les victimes ; et c'est ainsi la faire assez sous-
entendre pour avoir un dédain de s'en expliquer.

L'indignation contre le mal, un amour profond et cou-
rageux de l'équité n'entraînèrent-ils jamais Alexandre
Dumas fils à l'excès des pensées répressives? Les temps
futurs pourront mettre d'un côté de la balance tous les
progrès que ce généreux esprit a souhaités pour la conscience humaine, et sur l'autre plateau, les mœurs dont
il fut le contemporain, avec ce qu'elles conservaient de
barbare encore, avec leurs égarements, leurs plaintes,
leurs colères. Au nombre des clameurs qui se dégageront
de là, on percevra peut-être certaines paroles ayant dit :
« Tue-le ! » et : « Tue-la ! » On ne les imputera qu'aux
erreurs de l'époque. Mais nul ne s'aviserait d'en rendre
personnellement responsable l'auteur du *Supplice d'une
femme,* ni le défenseur de Raymonde de Montaiglin, dans
Monsieur Alphonse ; on n'y reconnaîtra pas la voix de celui
qui fit sa vraie mission d'entraîner si souvent les cœurs
vers les pardons difficiles.

Quant aux magnifiques exemples professionnels
qu'Alexandre Dumas fils a laissés, c'est de cela surtout
que la Société des auteurs dramatiques m'aura donné la
tâche de le remercier à cette heure.

Nous saluons d'abord en lui cette fidélité au travail, l'honnête labeur, la belle fécondité, qui sont la dette exigée du talent. Dans la variété des conflits entre l'homme et la femme, que d'aperçus il a fixés! que de sujets il a traités! que de questions il a vidées, avec cette main robuste qui exprimait tout le suc de l'idée qu'il tenait! Quelle vaillance aussi, durant tant d'années, pour recommencer la bataille, alors qu'il ne s'abusait sur aucun péril, ni sur les risques du hasard! Il s'offrait largement au feu de toutes les discussions, multipliant les rencontres, affrontant la défaite, accumulant les triomphes, annexant soudain des milliers d'âmes à la domination d'une de ses théories; et, balafré dans son œuvre par le fer des plumes adverses, encore plus intraitable sous l'échec qu'en possession de la victoire, il montre comment se conquiert un grade de maréchal des lettres.

Remercions-le encore d'avoir maintenu et fortifié la fière tradition d'après laquelle les spectacles de l'art dramatique peuvent revendiquer, s'il leur convient, d'être autre chose qu'un passe-temps exquis ou une simple distraction pour l'oisiveté.

Devant les pièces d'Alexandre Dumas fils, chacun prend la notion, ou la retrouve, que le théâtre est de la littérature, par droit de naissance, c'est-à-dire qu'il est éducateur de peuples, réformateur des instincts, artisan de pensées et de langage. C'est ainsi que l'auteur des *Idées de M*^{me} *Aubray* ne cessa pas de soulever des problèmes moraux, en même temps qu'il proscrivait les trivialités de termes par lesquelles on ne manque pas de déterminer nombre d'adhésions vulgaires. Ce n'est pourtant pas qu'il ait reculé devant les audaces chaque fois qu'elles lui parurent dignes d'un artiste. Nous lui devons une saisissante leçon de ce que la littérature sait dire d'indicible et faire avouer d'inavouable, quand celui qui l'emploie est l'auteur de la *Visite de noces*.

Personne n'a mieux enseigné qu'Alexandre Dumas fils la répulsion à l'égard d'un genre de succès qui s'obtient par la complaisance aux idées établies. Il n'a pas aimé non plus le bénéfice qu'il y a, sans doute, à exprimer des choses assez fréquemment entendues, pour que l'acclimatation des esprits trouve parfait de les réentendre. Et sans s'inquiéter jamais de ce qu'on aurait voulu qu'il dise, le but qu'il se proposa fut de dire uniquement ce qu'il voulait.

Parvenu au faîte de l'expérience et de la renommée, il entreprit enfin une œuvre de plus, que d'année en année il différa de livrer au public. Était-ce que dorénavant un légitime orgueil le détachait des résultats de ce monde ? Ou bien supposerons-nous qu'au couronnement de sa vie rayonne la plus imposante timidité ? Toujours est-il qu'en poursuivant sa *Route de Thèbes*, Alexandre Dumas fils fut arrêté par le sphinx de la mort. Il mourut avant d'avoir pris date lui-même pour livrer à la scène sa conception dernière. Aussi, une respectueuse réclamation de nos curiosités vibre-t-elle autour de la tombe où ce grand redresseur de torts est allongé à la façon des preux, les bras croisés sur sa comédie inédite comme sur la garde d'une épée neuve, dont toujours on attend de voir surgir l'éclat et les tranchants pour un exploit suprême.

DISCOURS

DE

M. JULES CLARETIE

AU NOM DE LA COMÉDIE-FRANÇAISE

Messieurs,

Il y a plus de dix ans déjà, la Comédie-Française donnait une pièce nouvelle, l'œuvre d'un poète disparu aujourd'hui (1), lorsqu'en arrivant dans sa loge, le président de la République apprit brusquement la nouvelle qui terrifiait le théâtre : Alexandre Dumas fils venait de mourir. Le président, devant le deuil des lettres françaises, se retira, laissant la représentation commencée continuer comme si Dumas eût été là encore pour répéter le mot de sa vie tout entière : *Allons travailler !* Travailler par delà les deuils et les épreuves. Et la Comédie-Française ferma, le jour des funérailles de Dumas, ses portes ouvertes aujourd'hui à son apothéose.

---

(1) *Le Fils de l'Arétin* de M. H. de Bornier.

5

Quelques jours à peine avant cette date lugubre du 27 novembre 1895, un dimanche, par un temps affreux, Victorien Sardou avait amené notre grand et cher ami sur la place de l'Odéon, à l'inauguration de la statue d'un frère d'armes, Émile Augier. Malgré le froid, malgré la bise, Alexandre Dumas, abattu, fléchissant sur ses genoux, fiévreux et blême, avait voulu venir, venir quand même, apporter à ce compagnon des batailles dramatiques son suprême hommage. C'était sa dernière sortie, et je revois encore le profond regard de ses yeux bleus fixés sur l'image de l'auteur des *Effrontés*; ce regard qui semblait dire en contemplant le monument élevé à la gloire d'un ami : « C'est donc cela l'immortalité? »

Aujourd'hui, c'est son monument à lui qui se dresse dans la lumière et que nous venons saluer. Tout a été dit, tout vient d'être magistralement dit sur cet homme illustre qui « ne méprisant pas les hommes, ne les haïssant pas davantage, ne riant même pas de leurs vices ou de leurs ridicules, mais les plaignant plutôt », écrivit pour la scène française ce que j'appellerai le théâtre de la pitié. Mais si tant d'éloquentes voix ont, à des titres divers, célébré Dumas fils, la Comédie-Française lui doit un hommage particulier : il l'a profondément aimée, il l'a glorifiée, il l'a défendue.

Et nous gardons une reconnaissance profonde à celui qui, pensant à ce théâtre qu'il appelait dans une des notes du *Fils naturel* l'« Illustre théâtre », lui donnant ainsi le nom de la troupe formée par Molière, disait encore dans la préface de l'*Étrangère* : « Ce qui est certain c'est qu'il y a là un Maison unique au monde, reposant sur une or-

ganisation prévoyante, sur des traditions claires, à la
gloire et à la prospérité de laquelle chacun travaille de
son mieux... » Mais nul ne travailla mieux que Dumas fils
à la prospérité et à la gloire de cette Maison qui était la
sienne.

Il avait trouvé jadis, dans un directeur admirable,
Montigny, un homme qui le nommait « son fils aîné ».
Ce fils fut paternel à l'administrateur dont il fut toujours
le conseiller le plus sûr et le collaborateur le plus fidèle.

Il parlait en ami, je dirais presque en camarade, dans
ce logis où il avait le droit de parler en maître. Cet esprit
supérieur, fait de volonté et de sûreté, admettait toute
discussion et ne faisait fi d'aucun conseil. Avec quelle ala-
crité charmante il assistait aux répétitions de ses œuvres,
apportant dans le labeur cette gaieté bien française qui
est comme le clairon de la marche en avant, coupant le
travail par quelque observation souriante ou quelque trait
d'esprit profond, animant de sa confiance et remerciant
de sa bonne grâce cordiale les comédiens, soldats de ses
batailles, auxquels, avec lesquels, lorsqu'il entreprit la
réunion de ses œuvres, il partagea les fleurs de ses cou-
ronnes, leur donnant un témoignage suprême, « en souvenir du travail commun, des émotions et des luttes par-
tagées », en leur dédiant l'édition définitive de son
théâtre qui porte le nom : l'*Édition des Comédiens!*

Il les aimait, ces artistes dont il faisait le porte-voix de
sa pensée et qui lui rendaient en acclamations ce qu'il leur
donnait en succès. Il aimait, je le répète, cette grande
Maison où il n'avait pas débuté, mais où il était entré par
droit de conquête, et ce généreux esprit, préoccupé des

destinées d'un théâtre dont il était la force, songeait encore à ses lendemains, et pensait à l'avenir.

Un jour, il me télégraphiait : « Je viens de lire une pièce de Guy de Maupassant. Il faut que vous jouiez cela. Et je n'ai pas besoin de vous dire que je serai heureux de faire les répétitions et même la lecture. »

Un autre jour, il m'écrivait pour me féliciter des *Tenailles*, saluant dans M. Paul Hervieu un maître auteur dramatique.

Que de fois m'a-t-il répété :

— *Patrie* devait être à votre répertoire !

Ainsi, ce grand maître de l'art dramatique semblait s'inquiéter moins encore de ses propres œuvres que de celles de ses successeurs ou de ses rivaux !

Une génération nouvelle naissait, une école nouvelle surgissait, plus préoccupée des caractères que des situations, des tempêtes intérieures que des conflits d'événements : Dumas la regardait monter. Il la suivait des yeux, il la suivait dans sa marche. Sa dernière œuvre le prouvera un jour.

— Le public, me disait-il, ne demande pas mieux d'aller plus loin qu'on a été, si l'on l'y mène dans les conditions de clarté, de bon sens, de vérité, de respect auxquelles il a droit.

Ce respect, Dumas, qui avait été un précurseur, qui méprisait les « recommenceurs », l'eut toujours à un degré supérieur, et c'est pourquoi le public lui était resté fidèle. Il est notre souverain, le public, on ne peut rien sans la collaboration de la foule. Le grand Corneille écrivait dans la préface de sa comédie, *la Suivante :* « Puisque nous faisons des poèmes pour être représentés, notre premier but doit être de plaire à la cour et au peuple et d'attirer un grand monde à leurs représentations. » Alexandre Dumas fils était trop bon auteur dramatique pour ne pas vouloir plaire au public ; il était trop fier et trop préoccupé de sa mission pour s'abaisser à le flatter. Il ne voulait que des victoires dignes de lui. Le succès à tout prix l'eût humilié. Et c'est pourquoi, après avoir donné à la Comédie-Française ces deux œuvres, *Denise*, qui fut le dernier succès de l'administration de mon éminent prédécesseur, et *Francillon*, qui fut un des débuts de la mienne, Dumas hésita si longtemps à nous apporter quelqu'une de ces œuvres nouvelles qu'il écrivait, allant de l'une à l'autre, se reposant de la *Route de Thèbes* avec les *Nouvelles Couches*, quittant le drame de passion pour reprendre la satire sociale et ne voulant offrir au public que quelque chose d'achevé.

Les impresarii lui offraient des sommes considérables. Les théâtres lui apportaient des primes inattendues. Il m'avait donné sa parole de nous garder sa dernière œuvre. S'il ne l'a pas tenue, c'est que la mort est venue. Elle est venue brutale, inique comme toujours, abattant d'un seul coup ce colosse élégant qui semblait taillé pour devenir centenaire. Elle est venue à la veille de la victoire suprême, et je revois encore dans la petite chambre de Marly, couché dans le lit paternel sous l'image adorée de sa mère, Dumas fils, — mon ami, mon guide et mon maître, — dont le pâle visage disparaissait sous la couche de plâtre que les mouleurs de René de Saint-Marceaux étendaient sur son front, — ce front hier lourd de pensées !

Oui, il disparaissait, ce beau et fier visage dont la lèvre gardait dans le calme de la mort l'expression même de la vie, un rictus d'ironie suprême, — l'ironie de ceux qui étant bons regardent en face les méchants; — il disparaissait, comme dans la mêlée quotidienne maintenant finie, sous les éclaboussures de la colère, de l'ingratitude ou de l'envie; — il disparaissait, mais pour reparaître immortalisé par la statue, comme la gloire même de l'écrivain enfin dégagée des polémiques et des critiques et rayonnant dans l'histoire littéraire comme son image dans le plein air de la place publique!

Et à l'hommage de la foule, à celui des lettres, à celui de Paris, je joins avec une piété sincère, en mon nom et au nom des interprètes de Dumas fils, celui qui lui eût peut-être été le plus cher : — le souvenir reconnaissant de la Comédie, la gratitude tendre et profonde de la Maison de Molière.

Elle a, cette Maison, un devoir aussi pressant que de maintenir le répertoire du passé, c'est de léguer un répertoire à l'avenir : Alexandre Dumas fils est un de ses classiques!

Paris. — Typ. de Firmin-Didot et Cⁱᵉ, imprimeurs de l'Institut, 56, rue Jacob. — 46218.

www.ingramcontent.com/pod-product-compliance
Lightning Source LLC
LaVergne TN
LVHW021048050726
842519LV00003B/1056